Cet album appartient à :

3 contes d'Afrique

Textes de **Monique Bermond, May d'Alençon** et **Odile Weulersse**

Illustrations de **Kersti Chaplet**

Père Castor
Flammarion

Imprimé en France - ISBN : 2-08161406-5

Sommaire

Saveur des contes

Dis, tu me racontes une histoire ?

Le soir tombe, la mère – ou le père ou l'un des grands-parents – prend le livre, l'ouvre et commence à lire. Moment privilégié d'intimité avec l'enfant qui le conduit dans un monde différent avant de le livrer aux songes. Le lendemain, le même rituel s'accomplit et pas question pour l'adulte de choisir une autre histoire ou d'inventer d'autres détails. L'enfant a besoin d'un long temps d'imprégnation pour faire siennes toutes les données du conte et en épuiser la saveur. Aussi réclame-t-il toujours la même histoire.
Plus tard, ayant acquis le goût de la lecture, à son tour il s'emparera du livre et deviendra dévoreur d'histoires. C'est que le conte, en lui ouvrant les portes de l'imaginaire, le fait rêver, sourire, éprouver sans danger des frissons de frayeur, vivre des moments d'émotion délicieux. Et c'est déjà beaucoup.

Ce n'est pas tout. Venu du fond des âges et de pays lointains, reflet d'une société donnée et cependant universel, le conte permet à l'enfant d'appréhender le monde dans sa diversité. Il l'aide à mieux comprendre ce qui sépare, ce qui unit les hommes et à mieux accepter les étrangers, ses frères.
Et, sans avoir l'air d'y toucher, le conte lui apprend les règles qui régissent la communauté humaine.
Réfléchissons avant d'agir, l'obéissance aveugle peut conduire à la catastrophe.
Quand nous sommes embarrassés, allons consulter les anciens, ils savent être de bon conseil.
Puisque nous apprécions la liberté, ne faisons pas de prisonniers.
Et nous qui sommes petits et faibles, sachons qu'en cas de danger, devant un ogre ou un crocodile, bons sens et présence d'esprit nous serviront plus que force ni que rage.

Oh bien sûr, un conte n'est pas une fable et ne se termine pas par une moralité. Ces vérités d'une sagesse toute pratique ne sont pas exprimées noir sur blanc. C'est par le truchement du récit qu'elles s'impriment inconsciemment dans l'esprit de l'enfant.
Inconsciemment, l'enfant se glisse à la place du héros. Comme lui, il subit les épreuves d'un parcours initiatique et franchit les étapes qui le mènent de l'enfance à l'âge d'homme. Comme lui, il éprouve la souffrance, la joie, l'amour, la peur. Il rencontre les autres, amis ou ennemis. Il rencontre la mort. Mais sans risque. Car, toujours, les histoires finissent bien.
Ainsi, grâce à son aspect symbolique, le conte offre-t-il à l'enfant la possibilité d'exprimer à la fois son angoisse devant l'avenir et sa confiance en la vie qui s'ouvre devant lui.
Les illustrations prolongent l'impression faite par le récit. Si elles ajoutent des détails, transmettent des informations, elles ne se livrent pas à la paraphrase, mais racontent à leur tour une belle histoire, pas tout à fait la même, pas tout à fait une autre, qui forme avec le texte un tout harmonieux.

Dis, tu me racontes une histoire ?
L'enfant regarde le livre familier. Les mots et les images. Il rêve. Il sourit.
À quoi servent les contes ? À imaginer, à apprendre, à comprendre, à s'exprimer.
À apprivoiser la vie.

Françoise Rachmuhl

Le conte dans la tradition africaine

« Le conte est un miroir où chacun se découvre », disait l'écrivain Amadou Hampâté Bâ. Récit imaginaire à vocation didactique, il dépend de la culture du peuple qui le produit. En Afrique noire, continent de tradition orale, il a longtemps revêtu une importance primordiale comme ciment entre les générations. Autour d'un feu ou d'une lampe-tempête, à la tombée de la nuit, les anciens disaient aux plus jeunes ces histoires à clefs qu'un jour, à leur tour, les cadets raconteraient à leurs enfants. Le récit était déclamé dans la langue du terroir, d'une voix rythmée, presque chantée pour faciliter sa mémorisation. Certains contes étaient réservés aux filles, d'autres aux garçons, et il était grave et dangereux, du moins le croyait-on, de contrevenir à la règle.

Lien social, le conte africain a aussi été, pendant des siècles, un outil pédagogique, avec les proverbes l'un des principaux vecteurs de transmission des valeurs du groupe. Le plus souvent, comme dans *Une histoire de singe* ou dans *L'oiseau de pluie*, ce sont des animaux qui portent et incarnent cette morale villageoise : araignées, hyènes, lièvres, tortues, crocodiles, antilopes sont les protagonistes privilégiés de récits qui revendiquent leur rôle éducatif plus que leur fonction de distraction populaire. L'enfant apprend ainsi la prudence, la ruse (cas de Petit-Singe), la pudeur, le respect des autres et de son environnement (cas de Banioum)… D'autres valeurs apparaissent dans les contes du continent noir, qui varient selon que le récit est né dans la forêt ou sur la côte, chez un peuple vivant de cueillette ou d'élevage, au sein d'une tribu pacifique ou guerrière. Ici, le courage sera élevé au rang de qualité suprême, là ce sera le sens du sacrifice…

Ainsi, en même temps que sa portée est universelle, le conte est fortement marqué par ses origines.

Le cas d'Épaminondas en témoigne. « Il y avait en Louisiane, en Amérique, une brave négresse qui n'avait qu'un fils, appelé Épaminondas ». En Louisiane ? Eh oui, en Louisiane… Inventé par l'américaine Sara Cone Bryant, *Épaminondas* était à l'origine ce que l'on appelle un « conte nègre » des États-Unis. Voilà pourquoi l'on y trouve, par exemple, un morceau de beurre et un chien apprivoisé, qui n'appartiennent ni l'un ni l'autre au quotidien de l'Afrique traditionnelle. Le succès de cette merveilleuse histoire repose sur un paradoxe : si les personnages ont été « tropicalisés », si l'environnement a été réinventé pour situer l'action dans un pays du Sahel, les valeurs morales et l'enseignement véhiculés par Épaminondas, qui ont séduit des générations de parents et d'enfants européens, sont très… occidentaux. « Ne cherche plus à obéir sans réfléchir. C'est à chacun de trouver comment il doit agir », dit la conclusion de l'histoire. Or, le conte africain exalte l'obéissance à la communauté plutôt que l'initiative individuelle, encourage les enfants à trouver leur place dans le groupe plutôt qu'à conquérir leur autonomie, et fustige souvent deux vilains défauts : l'originalité et la curiosité.

Aujourd'hui, après avoir participé de la cohésion, voire de la survie de certains groupes, le conte a partiellement perdu sa place dans les sociétés africaines. Depuis que l'on trouve des télévisions dans tous les villages, ou presque, il a dû s'adapter pour ne pas disparaître. Désormais, ce sont les grands-mères et les instituteurs – bien plus que les « diseurs » professionnels – qui transmettent le patrimoine oral du continent noir. Souvent, la mémoire leur faisant défaut, ils utilisent un support écrit pour raconter. Le conte africain survivra, sans doute, grâce aux livres et aux manuels scolaires. C'est un autre paradoxe.

Géraldine Faes

L'OISEAU DE PLUIE

Texte de Monique Bermond
Images de Kersti Chaplet

L'oiseau de pluie,
perché sur le grand tamarinier,
chantait de mélancoliques « pluipluiplui » !
Banioum le regarda longuement...
Il réfléchissait...
Puis il alla trouver sa grand-mère.

– Grand-mère, dit-il,
si nous avions
un oiseau de pluie à nous,
crois-tu que nos champs
seraient arrosés
quand nous le voudrions ?

La grand-mère hocha la tête
et répondit sans hésiter :
– Bien sûr ! car l'oiseau
ne chanterait que pour nous.
Les récoltes seraient abondantes,
il n'y aurait jamais de famine !

Mais Banioum
voulait en savoir davantage.

Il alla trouver son père.
– Père, dit-il,
si nous avions un oiseau de pluie
dans notre maison,
crois-tu que nos champs seraient arrosés
quand nous le voudrions ?

Le père réfléchit quelques instants,
puis répondit :
– Non, je ne le pense pas.
Les vieux du village racontent
beaucoup de légendes...
Faut-il croire tout ce qu'ils disent ?

Mais Banioum
voulait en savoir davantage.

Il alla trouver le Grand-Sage :
– Grand-Sage, si nous avions
un oiseau de pluie dans le village,
crois-tu que les champs
seraient mieux arrosés ?
– Oui, sans doute,
car cet oiseau sait
quand la pluie va tomber...
Il sait aussi quand elle doit s'arrêter !
L'eau ferait pousser les plantes,
la rivière ne serait jamais à sec,
il n'y aurait plus d'épidémies...
Mais qui peut posséder
un oiseau de pluie ?

Banioum en savait suffisamment
cette fois.
– C'est bon, se dit-il,
j'irai chercher un oiseau de pluie !

Et le lendemain, dès l'aube,
il se mit en route dans la brousse.
Il marchait depuis quelques instants seulement
lorsqu'il entendit une voix moqueuse
l'interpeller :
– Où vas-tu Banioum ?
Où vas-tu Banioum ?

Levant la tête,
Banioum aperçut un perroquet
à travers les branches d'un cédratier.
– Je vais à la recherche
d'un oiseau de pluie.
– Je n'aime guère cet oiseau
qui se mêle toujours de chasser le soleil.
Alors si tu veux, je peux t'aider !
Je sais très bien imiter son cri.
Écoute : « pluipluiplui ! »
– En route donc !

Et Banioum poursuivit son chemin
en compagnie du perroquet.

Quelques instants plus tard,
ils rencontrèrent un singe.
– Bonjour Banioum,
bonjour perroquet !
Où allez-vous ainsi
dans la brousse ?
– Nous cherchons,
nous cherchons... euh...
– Un oiseau de pluie,
dit Banioum.
– Vraiment ?
Alors je vais avec vous,
je peux vous être utile :
je sais fabriquer des pièges
qui attrapent les oiseaux de pluie.
– Tu ne les aimes pas ?
– Oh ! ni plus ni moins que les autres !
Mais s'il y a un bon tour à jouer,
je suis toujours content.
– En route donc !

Au bout de quelques heures,
ils arrivèrent au pied d'un baobab.
– Arrêtons-nous ici, dit le singe.

Il fabriqua un piège,
et le perroquet,
caché dans les branches de l'arbre,
se mit à chanter de gais « pluipluiplui » !
Il fallait attendre
qu'un oiseau de pluie se décidât à venir.
Banioum s'assoupit.

Il fut réveillé en sursaut
par le perroquet qui piaillait :
– Ça y est, il est pris, il est pris !

L'enfant trouva dans le piège
l'oiseau qui se débattait.
Il le mit dans son sac,
et reprit le chemin du village.

Lorsqu'il fut arrivé,
il remercia le perroquet...
le singe...
et prit congé d'eux.

Il construisit une belle cage à l'oiseau. Il l'y enferma, et tout le village vint l'admirer et lui demander d'appeler la pluie.

Mais l'oiseau se contentait de pousser de temps à autre un petit cri plaintif.

Des jours et des nuits passèrent :
l'oiseau ne chantait pas.
Les gens du village
ne venaient plus voir l'oiseau.
Banioum attendait,
Banioum espérait toujours.

Les semaines passèrent.
Les champs du village
et ceux d'alentour
se desséchèrent au point
que la terre se fendit
et se craquela.
L'oiseau ne chantait toujours pas.
Plus personne ne venait voir
Banioum et son oiseau.

Alors, Banioum se rendit
chez le Grand-Sage.
Le Grand-Sage attendait Banioum ;
il le fit entrer dans sa case
et ressortit en fermant la porte
derrière lui.

Avant la tombée de la nuit,
il délivra l'enfant et lui demanda :
– Pourquoi es-tu en larmes, Banioum ?
– Parce que j'avais peur là-dedans !
– Pourquoi as-tu pleuré
au lieu de chanter, Banioum ?
– A-t-on envie de chanter
quand on est enfermé ?
– C'est bon, Banioum.
Maintenant, rentre chez toi
et occupe-toi de ton oiseau.

Banioum rentra chez lui,
prit la cage,
la déposa devant la case,
ouvrit la porte
et sortit délicatement l'oiseau
en murmurant :
– Oiseau, mon cher oiseau, va... va...

L'oiseau tourna la tête,
regarda l'enfant,
secoua deux ou trois fois ses ailes,
puis s'élança
avec de joyeux « pluipluiplui »,
d'un vol si rapide
qu'il ne fut bientôt plus
qu'un petit point bleu, là-haut,
très haut dans le ciel !

Et sur le village de Banioum
une pluie chaude et bienfaisante se mit à tomber.

Une histoire de singe

D'après May d'Alençon
Images de Kersti Chaplet

Dans les grands arbres de la forêt sauvage
habite toute la famille des singes :
les grands-pères, les grands-mères,
le père, la mère,
les frères, les sœurs, les oncles, les tantes,
les cousins, les cousines…
et Petit-Singe. Il est si petit
que personne ne fait attention à lui.

Pas très loin,
il y a le fleuve
calme et lent.

Petit-Singe a bien envie
d'y aller.
Il descend de son arbre.
En trois bonds...

hop ! hop ! hop !

il est près du fleuve.

Vite
il grimpe
tout en haut
d'un cocotier
et saisit
la plus belle
des noix de coco.

Comme elle est grosse !
Comme elle est lourde !
Et comme l'arbre penche
au-dessus de l'eau !
La noix de coco
glisse des mains de Petit-Singe.

Oh !
Il en perd l'équlibre…

Plouf ! dans le fleuve,
noix de coco et Petit-Singe.

C'est là qu'habite Croco-poco-toc-minoc,
le plus grand des crocodiles.

– Tiens, voici un bon repas ! dit-il.
– Non, monsieur le crocodile,
vous vous trompez,
dit Petit-Singe en tremblant,
c'est seulement un tout petit repas.
Je suis si maigre,
mes petits os vous piqueraient la gorge.
Ce qu'il vous faut pour déjeuner,
c'est un buffle bien gras.

– Un buffle bien gras ? Où est-il, celui-là ?
– Tout près d'ici, mais il faut m'aider
à le tirer jusqu'à vous.
– Comment ça ?
– Prenez cette liane solide et tenez-la bien fort.
À l'autre bout, j'attacherai le buffle.
– Bonne idée, dit le crocodile,
et il serre fort la liane.

Petit-Singe, mine de rien, suit la liane.

Enfin la forêt !

Mais, entre les arbres…
qui s'approche ?…
C'est l'éléphant ;

il demande :

– Que t'est-il arrivé,
Petit-Singe ?
Tu es tout mouillé
et tu trembles.

– Le crocodile voulait me manger,
alors je l'ai attrapé avec cette liane.
– Un crocodile ? Toi,
un tout petit singe de rien du tout,
tu as pris un crocodile ?
Tu me racontes une histoire !

– S'il vous plaît, monsieur l'éléphant,
tirez sur cette liane,
à l'autre bout
vous verrez un vrai crocodile !

L’éléphant est curieux.

Il enroule la liane autour de sa trompe

et il tire…tire…

La liane se tend.
– Quel gros buffle !
pense le crocodile,
et, lui aussi, il tire… tire…

Quand l'éléphant tire d'un côté,
le crocodile tire de l'autre.
Qui sera le plus fort ?…
C'est l'éléphant !
Il traîne le crocodile hors de l'eau,
puis sur le sable et sur les pierres,
jusqu'à ce que…
crac ! la liane casse.

– Petit-Singe, tu m'as fait une farce,
dit le crocodile,
la prochaine fois, je te mangerai.

– C'était bien un vrai crocodile,
dit l'éléphant.
Allons, Petit-Singe,
viens maintenant,
je vais te ramener
chez ta maman.

Petit-Singe, en arrivant chez lui,
raconte comment il a attrapé
le plus gros des crocodiles ;
mais personne ne veut le croire.

– Je l'ai vu, moi, dit l'éléphant.

Alors, toute la famille et aussi les amis
se mettent à rire, à rire de plus en plus fort.
Ils font une fête pour Petit-Singe,
le plus petit des singes.
Ils vont chercher des noix de coco
et aussi des bananes
qu'ils mangent tous ensemble.
Quel festin !
Même l'éléphant a sa part.

Puis, le soir,
en se couchant
dans les bras de sa maman,
Petit-Singe lui dit :
– Tu sais, maman !
j'ai inventé un buffle
pour ne pas être mangé
par le crocodile.
La maman sourit.
Elle le berce
pour qu'il s'endorme.

À Melchior, Léopold, Joséphine et Louis.

Épaminondas

Odile Weulersse d'après Sara Cone Bryant

Illustrations de Kersti Chaplet

Le premier chant du coq
réveille Épaminondas.
Il s'assied sur sa natte, attache son pagne
et met un chapeau sur sa tête.
Épaminondas pend à son épaule un léger sac
en bandes de coton et ouvre la porte de la hutte
en disant :
– Passe une bonne journée, ma mère.
– Salue ta marraine de ma part
et tire bien les seaux du puits.
– Ne t'inquiète pas, je serai aussi fort
que le général Épaminondas dont tu m'as donné le nom.

Au lever du jour, oiseaux et animaux
reprennent joyeusement leurs conversations
et la brousse se remplit de chants et de cris.
Épaminondas avance pieds nus sur la terre rouge,
à travers les hautes herbes qui fouettent le visage.

À l'heure où le sol commence à brûler la plante des pieds,
il s'arrête à l'ombre d'un grand baobab
qui s'élève près de la première case d'un village.
Là, il prend sa flûte et joue quelques notes.
Sa marraine apparaît sur le seuil de la case.
Sa marraine n'est pas n'importe qui :
elle pèse cent kilos, s'habille avec trois boubous
superposés et porte un turban sur sa tête ronde.

En apercevant le petit garçon,
elle sourit de toutes ses dents,
belles et blanches comme l'ivoire.
– Bonjour, Épaminondas. Tu es le bienvenu.
– Bonjour, Marraine Ba, que la paix soit sur toi !
Je te donne le salut de ma mère.
– Je te remercie pour tes bonnes paroles
et d'être venu remplir mes jarres.

Épaminondas saisit derrière la case
une grande jarre de terre cuite
et s'achemine vers le puits du village.
Plusieurs femmes font la queue
et Épaminondas attend son tour.
Lorsque sa jarre est pleine,
il la soulève et la pose sur sa tête.
Il revient sept fois,
remplit sept grandes jarres
pour les sept jours de la semaine
et, suant et soufflant,
pénètre dans la case.

La lourde marraine, dans sa chaise de repos, lui dit :
– Tu as affronté la chaleur du soleil.
Maintenant bois, mange et repose-toi.

Épaminondas se désaltère de lait au miel,
croque une galette de mil, quelques dattes
et s'allonge sur la natte.
– Maintenant dors, mon enfant,
c'est l'heure de la sieste.

Dans la bonne odeur de sa marraine
et le doux bruit de ses soupirs,
Épaminondas s'endort.

Après la sieste, pour le remercier,
Marraine Ba lui donne une friandise appétissante.
– Voilà un morceau de gâteau à la noix de coco
que tu ramèneras dans ta maison.
– Je te dis merci et vais le mettre dans mon sac.
– Ce n'est pas une bonne idée, mon garçon,
il s'abîmera dans ton sac. Il vaut mieux
que tu le tiennes bien serré dans ta main.

En chemin,
Épaminondas suit exactement
les conseils de sa marraine
et serre de toutes ses forces la friandise.
Ses cinq petits doigts
font de grands trous dans le gâteau,
la pâte s'effrite en miettes
qui s'égrènent sur le sol
et la crème de noix de coco
se répand sur sa main
en longues traînées poisseuses.

En le voyant arriver, sa mère pose son pilon,
met ses mains sur les hanches
et écarquille les yeux :
– Épaminondas, que m'apportes-tu là ?
– Un bon gâteau à la noix de coco
que m'a donné ma marraine.
Sa mère hoche la tête :
– Épaminondas, Épaminondas !
Qu'as-tu fait du bon sens
que je t'avais donné à la naissance ?
Pour porter un morceau de gâteau,
tu l'enveloppes dans du papier fin,
le mets dans ton chapeau
et poses le chapeau sur ta tête.
As-tu bien compris ?
– Oui, maman.

La semaine suivante,
Épaminondas retourne chez sa marraine.
Il fait tellement chaud
que les feuilles du baobab
pendent tristement
et que Marraine Ba n'a pas la force
de quitter sa chaise de repos.

Épaminondas entre donc et s'incline :
– Bonjour, Marraine Ba.
– Tu es parti de chez toi
et tu es venu par cette grande chaleur !
Je t'en remercie, car mes jarres sont vides.

Épaminondas part remplir les sept jarres,
puis revient boire du lait au miel
et manger des galettes fourrées de dattes.
– Rends-moi service, mon petit,
demande la marraine.
Évente-moi car il fait si chaud
que je n'arrive pas à m'endormir
pour la sieste.
Épaminondas prend un rond de paille
et l'agite devant le visage parfumé
de sa marraine.
Quand elle sourit de bien-être,
il se couche à son tour sur une natte.

À son réveil, Marraine Ba lui donne
un gros morceau de beurre et lui dit :
– Fais-y bien attention pendant le voyage.
– Ne t'inquiète pas, Marraine Ba,
je suis un garçon très obéissant.

Une fois sorti du village,
Épaminondas prend dans sa sacoche
le papier fin qu'il avait emmené,
dépose le beurre dans le papier,
le papier dans son chapeau
et le chapeau sur sa tête.
Et, comme il fait très, très chaud,
le beurre ramollit et se met à fondre.
Des petits ruisseaux jaunes
dégoulinent sur les cheveux,
sur le front, sur le bout du nez,
et tombent même sur les pieds
d'Épaminondas.

En le voyant arriver,
sa mère pose son fagot de bois,
met ses mains sur les hanches, écarquille les yeux :
– Épaminondas ! Que m'apportes-tu là ?
– Du beurre bien frais que m'a donné Marraine Ba.

– Épaminondas, Épaminondas !
Qu'as-tu fait du bon sens
que je t'avais donné à la naissance ?
Pour transporter du beurre,
tu dois l'envelopper dans de larges feuilles fraîches
et, le long du chemin,
le tremper souvent dans l'eau d'un puits ou d'une mare.
As-tu bien compris ?
– Oui, maman.

La semaine suivante, une violente pluie
tombe pendant la nuit, transformant la terre en boue.
Pourtant Épaminondas se dépêche,
pressé de connaître le cadeau
que sa marraine lui offrira.
Dès qu'il arrive au pied du grand baobab, il crie :
– Bonjour, Marraine Ba ! Je te souhaite le bon matin.
La marraine n'a pas fini de s'habiller
et sort de la case vêtue d'un sous-boubou blanc.
Elle sent bon le parfum haoussa
et sourit de ses belles dents blanches.

– Bienvenue, mon garçon !
Tu sais honorer ta marraine
par de bonnes paroles.
Pendant que tu rempliras
mes jarres,
j'irai faire une course.
Elle enfile ses sandales et s'éloigne.
Épaminondas va sept fois au puits.
Ensuite, il entre dans la case, boit,
mange et attend le retour
de sa marraine.

Il grille de curiosité.
Il écoute les bruits du village :
coups de pilon, voix qui rient et bavardent,
bêlements de chèvres et soudain
un aboiement plaintif, tout proche.
Alors Marraine Ba apparaît,
tenant un petit chien blanc dans ses bras.
– C'est pour toi, dit-elle.
– Merci, merci ! s'exclame Épaminondas,
je te dis cent fois merci.
– Tu feras attention à ne pas le fatiguer
pendant le voyage du retour.
– Sois tranquille.

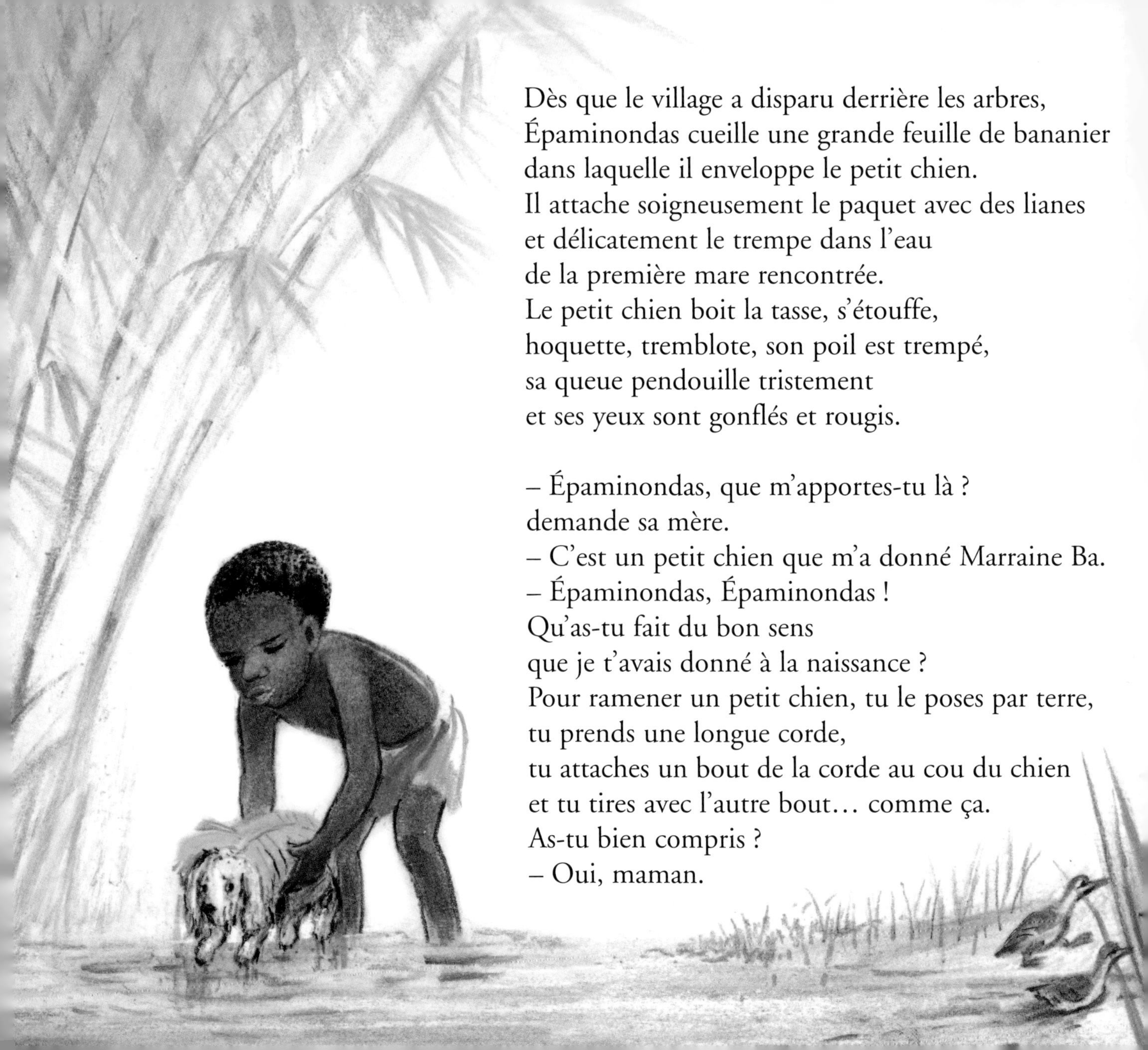

Dès que le village a disparu derrière les arbres,
Épaminondas cueille une grande feuille de bananier
dans laquelle il enveloppe le petit chien.
Il attache soigneusement le paquet avec des lianes
et délicatement le trempe dans l'eau
de la première mare rencontrée.
Le petit chien boit la tasse, s'étouffe,
hoquette, tremblote, son poil est trempé,
sa queue pendouille tristement
et ses yeux sont gonflés et rougis.

– Épaminondas, que m'apportes-tu là ?
demande sa mère.
– C'est un petit chien que m'a donné Marraine Ba.
– Épaminondas, Épaminondas !
Qu'as-tu fait du bon sens
que je t'avais donné à la naissance ?
Pour ramener un petit chien, tu le poses par terre,
tu prends une longue corde,
tu attaches un bout de la corde au cou du chien
et tu tires avec l'autre bout… comme ça.
As-tu bien compris ?
– Oui, maman.

Une semaine plus tard, le vent balaie la plaine.
Quand Épaminondas arrive
devant la case de sa marraine,
son corps et son visage sont gris de poussière.
– Mon garçon, n'apporte pas dans ma case
la poussière de la brousse.
Avant de remplir la première jarre,
tu te verseras un seau d'eau sur la tête.

Après la sieste, Marraine Ba
lui donne de belles galettes.
– Fais bien attention à ce pain
qui est encore tout chaud,
tout doré, tout croustillant.

Dès qu'il rejoint la brousse,
Épaminondas pose les galettes
par terre, saisit une liane qui pend
à un palmier, l'attache d'un côté aux galettes
et de l'autre la serre dans sa main en tirant…, comme ça.
Et les galettes traînent dans la poussière,
se fendillent, s'écornent, s'émiettent,
et deviennent une petite boule sale au bout de la liane.

En voyant arriver son fils,
la mère écarquille les yeux et s'exclame :
– Épaminondas, que m'apportes-tu là ?
– Du pain tout doré, tout croustillant
que m'a donné ma marraine.
– Épaminondas, tu n'as pas de bon sens
et tu n'en auras jamais ! Dorénavant
j'irai remplir les jarres chez ta marraine.

La semaine suivante,
pendant que le coq chante le lever du jour,
Épaminondas reste couché sur sa natte,
la tête à moitié cachée sous sa couverture.
D'un œil il regarde sa mère qui pose
un grand voile sur sa tête et enfile ses sandales.
Elle se dirige vers le four, en sort six pâtés
qu'elle dépose sur le pas de la porte.

Avant de partir, elle se retourne
et explique à son fils :
– Je mets les pâtés ici à refroidir.
Aussi, quand tu sortiras,
tu feras bien attention en passant dessus.
As-tu bien compris ?

Lorsque sa mère a disparu,
Épaminondas se lève, attache son pagne et se dit :
« Je vais être très obéissant
et faire bien attention en passant sur les pâtés. »
Avec une extrême attention,
Épaminondas pose fermement
un pied, puis l'autre, sur chaque pâté.
Lorsque sa mère découvre les six pâtés
soigneusement écrasés
sur le seuil de la case,
sa main alors se remplit de gifles.

Épaminondas ouvre
de grands yeux effrayés.

Au crépuscule,
Épaminondas met dans son sac
quelques coquillages,
s'éloigne de la case
et marche longtemps dans la brousse
à la lumière des étoiles.
Arrivé au sommet d'une colline,
il s'incline devant un vieux sorcier,
assis sous un fromager.

– Sois le bienvenu, dit le sorcier.
Qu'est-ce qui t'amène au milieu de la nuit ?
– Je viens te demander la parole qui dit la vérité
et t'offre ces coquillages pour faire un collier.
– Que veux-tu savoir ?
– Je veux savoir pourquoi,
alors que je suis toujours très obéissant,
je me fais toujours gronder par ma mère.
Et il raconte ses dernières aventures.
Lorsque le sorcier eut entendu les malheurs d'Épaminondas,
sa bouche se remplit de rires.
– Qu'as-tu dans la caboche, mon garçon ?
À quoi te sert d'avoir des yeux sur le devant de la figure
si tu ne sais pas utiliser ton bon sens ?
Le rusé renard revient-il dans le poulailler
dont il a déjà mangé les poules ?

Et comme Épaminondas
le dévisage d'un air stupéfait,
il ajoute :
– Ne cherche plus à obéir sans réfléchir.
C'est à chacun de trouver comment il doit agir.
Maintenant va en paix,
le cœur tranquille et l'esprit éveillé.

Les auteurs

Monique Bermond

Monique Bermond a écrit de nombreux contes, poèmes, romans pour la jeunesse. Mais, dès 1962, elle a souhaité se consacrer à l'information concernant ce secteur de la littérature si mal connu : émissions de radio, rubriques dans la revue *L'école des parents*, stages de formation, etc... Dès ce jour, par souci d'objectivité, elle a cessé de publier ses propres écrits.

L'oiseau de pluie a été publié en 1971.
« Ce conte est né au cours d'une promenade en montagne : un orage se préparait et dans la nature devenue silence, seul un oiseau manifestait son inquiétude par d'obsédants "puipuipui" devenus "pluipluiplui" dans un pays d'Afrique dévasté par la sécheresse. En Afrique, où je n'avais encore jamais voyagé ! »

May d'Alençon

May d'Alençon a écrit plusieurs histoires publiées chez différents éditeurs, en particulier au Père Castor.

Le conte créole raconté par Sara Cone Bryant *Le lapin, la baleine et l'éléphant* lui a inspiré une histoire dans laquelle un petit se sort des griffes d'un puissant grâce à la ruse. De version en version, le lapin s'est transformé en singe et le crocodile a remplacé la baleine...

Odile Weulersse

Odile Weulersse écrit depuis 1984 des contes pour les petits et des romans pour les jeunes.
« É-pa-mi-non-das ! J'ai été d'abord séduite par la mélodie du mot dont la sonorité s'élève pour redescendre comme un long soupir, et que j'ai tant de fois prononcé en racontant cette histoire à mes enfants. Mot dont le charme s'accentue d'être si inattendu dans un conte nègre puisqu'il fut, dans la Grèce antique, celui d'un célèbre général thébain. Le récit m'enchante pour sa musique, avec le refrain de l'indignation maternelle, la répétition des mots prononcés par la marraine, repris dans la description des gestes d'Épaminondas.
« Par rapport au texte de Sara Cone Bryant, j'ai ajouté une fin, pour ne pas laisser le petit garçon dans la crainte des imprévisibles manifestations de la colère maternelle et lui ouvrir un chemin d'espoir. »

L'illustratrice

Suédoise d'origine et française d'adoption depuis 1956, **Kersti Chaplet** a plusieurs cordes à son arc. Tout à la fois maquettiste, traductrice, animatrice d'ateliers et bien sûr illustratrice, elle collabore depuis 1964 avec le Père Castor.

« C'est Paul Faucher, le Père Castor, qui m'a raconté un jour à l'heure du goûter l'histoire du petit singe. Et il l'a fait avec tant de verve que j'ai eu grande envie de la mettre en images. Mais alors… l'Afrique ? Je n'en connaissais rien, je m'en faisais une image très vague…
« J'ai regardé des livres, et j'ai passé pas mal de temps à dessiner au Jardin des Plantes à Paris. Des singes, surtout un petit qui s'accrochait encore à sa maman, des crocodiles aussi, mais les grands bougeaient si peu que je me suis rabattue sur ceux des aquariums. J'allais dans la grande serre pour me donner des idées de végétation. Finalement, je me suis jetée dans l'aventure des images en me disant qu'après tout, un conte, c'est de l'imaginaire et tant pis si tout cela suggère une Afrique qui n'existe que dans cet album !

« Banioum, dans le conte de Monique Bermond, c'est un peu le portrait d'un ami sénégalais que je pouvais imaginer enfant. Et pour ce conte-là, je suis allée à la rédaction du magazine *Jeune Afrique* où l'on m'a confié une belle documentation photographique. Je voulais donner à Banioum un environnement crédible, avec quelques détails concrets. C'est peut-être cela qui a donné envie à Odile Weulersse de me voir illustrer son Épaminondas, puisqu'elle l'avait fait voyager de la Louisiane des USA jusqu'en Afrique. Je l'ai imaginé vivre aux environs du fleuve Niger et j'ai bénéficié d'une collection de photos d'amateur et des conseils d'une amie souvent en mission là-bas. J'ai regardé aussi le fond des bouquins d'Afrique de La Joie par les Livres. Pour le personnage de la maman, je me suis inspirée d'une belle comédienne d'origine camerounaise, amie de mes enfants.

« Mais la suédoise que je suis n'a toujours pas mis les pieds en Afrique noire. J'aimerais pourtant ! »

Imprimé en France par Pollina s.a., 85400 Luçon – 07-2006 – N° d'impression - n° L40884
Dépôt légal : mai 2002 – Flammarion (N°1406), Paris, France
Loi n°49-956 du 16 juillet 1949 sur les publications destinées à la jeunesse.